# BRUNO PACHECO

# SIDARTA
## para jovens

Ilustrações de
## LU MARTINS

**galera**
RECORD

RIO DE JANEIRO | 2009

CIP-Brasil. Catalogação-na-fonte
Sindicato Nacional dos Editores de Livros, RJ

Pacheco, Bruno

P117s    Sidarta para jovens / Bruno Pacheco; ilustrações Lu Martins.
         – Rio de Janeiro: Galera Record, 2009.
         il.

         ISBN 978-85-01-07848-3

         1. Buda - Literatura infanto-juvenil. 2. Budismo - Literatura
infanto-juvenil. 3. Literatura infanto-juvenil brasileira. I. Martins, Lu. II. Título.

08-4645.              CDD: 028.5
                     CDU: 087.5

Projeto gráfico de miolo e capa: Igor Campos

Texto revisado segundo o novo Acordo Ortográfico da Língua Portuguesa.

Direitos exclusivos desta edição reservados pela
EDITORA RECORD LTDA.
Rua Argentina 171 - Rio de Janeiro, RJ - 20921-380 - Tel.: 2585-2000

Impresso no Brasil

ISBN 978-85-01-07848-3

PEDIDOS PELO REEMBOLSO POSTAL
Caixa Postal 23.052
Rio de Janeiro, RJ - 20922-970

EDITORA AFILIADA

Para Leon,
meu pequeno grande mestre.

**Existem histórias que são velhas,** daquelas que começam com "Muito tempo atrás...". Mas esta é uma história muito mais velha do que você imagina. Ela aconteceu há mais de 2.500 anos. Dá para imaginar esse tempo todo? Pois é, além disso esta história se passa na Índia, um lugar especial que guarda muitas histórias antigas e misteriosas.

Mas esta história que eu vou contar é verdadeira, não é lenda não. Tá bom, ela é um pouco lenda e um pouco verdade. Você vai pensar que ela parece mentira por causa das coisas impressionantes que acontecem. Mas ela aconteceu mesmo, porque é a história de um príncipe que viveu, de fato, lá na Índia, há cerca de 2.500 anos.

Em seguida, você vai entender que ele está vivo até hoje. Quer dizer, não assim em carne e osso, feito a gente. Mas a mensagem dele continua viva.

As ideias desse príncipe saíram de um pequeno reino da Índia antiga e viajaram por quase todo o mundo. E continuam viajando até hoje. As pessoas ainda falam desse príncipe. Porque ele descobriu o maior mistério de todos, aquilo que todas as pessoas andam à procura: o caminho para a felicidade.

E sabe o que mais? Ele descobriu e contou para todo mundo. E ensinou o caminho, o caminho que ele percorreu sozinho. É difícil, ele disse, mas todas as pessoas podem encontrar a felicidade. Todas as pessoas podem ser como ele.

O nome dele: Sidarta Gautama. Mas depois ele ficou conhecido como o Buda, que quer dizer Aquele que Despertou. Talvez você já tenha ouvido falar dele. Se ainda não o conhece, vai conhecê-lo agora.

**H**á 2.500 anos...

Num pequeno reino da Índia antiga nasceu Sidarta, o filho da rainha Maya com o rei Sudodana.

A tradição, ainda mais antiga que esta história, dizia que quando uma mulher estivesse esperando um neném, deveria voltar para a casa dos pais, para que o filho nascesse na casa dos avós. Era assim que acontecia lá na Índia.

A rainha Maya esperava um filho. E, seguindo a tradição, ela começou uma viagem para a casa dos pais, que ficava bem longe do reino. Mas uma viagem de rainha não é uma coisa simples. O rei ordenou que ela fosse acompanhada de soldados para protegê-la e de amas para ajudá-la em tudo que precisasse. Uma rainha tem sempre uma ama por perto, para ajudá-la a se vestir, a tomar banho, e até para lhe fazer companhia, caso se sentisse sozinha. Por isso, a rainha Maya viajava com mais de vinte pessoas.

No meio do caminho ela sentiu um louco desejo de passear por um belo bosque que ficava à margem da estrada e ordenou que a caravana parasse um pouco. O bosque lembrava os sonhos que ela andava tendo durante a gravidez. As outras mulheres, mais experientes, diziam que era normal aquele tipo de sonho, que as mulheres grávidas costumam ter sonhos muito estranhos. Mas a rainha sabia que os sonhos dela eram diferentes. Ela sabia que estava tendo sonhos premonitórios, que são sonhos que contam para a gente coisas que ainda vão acontecer. São cheios de mistérios esses sonhos, cheios de mistérios e sinais que às vezes a gente nem entende. Coisas que a gente só vai entender no futuro.

Naquela noite a rainha tinha tido um sonho desses. Ela sonhou que um grande elefante branco, que carregava na tromba uma flor de lótus, entrava-lhe na barriga. E uma multidão se ajoelhava na frente dela em sinal de respeito.

A rainha sentia-se muito estranha. Uma mistura de alegria e medo ao mesmo tempo, porque os sonhos diziam a ela que seu filho seria muito especial.

Assim que Maya viu o bosque Lumbini, ela soube, teve certeza mesmo. Soube que aquele era o lugar mágico que aparecia nos sonhos dela. Hipnotizada pela magia de ter descoberto o lugar, a rainha desceu da carruagem e caminhou até o meio do bosque. Ela fez um sinal para que ninguém a seguisse, porque queria estar sozinha naquele momento. Os soldados não gostaram muito da ideia. Soldados não gostam de desobedecer ordens. Mas como o rei tinha ordenado que obedecessem à rainha, eles não tinham outro jeito. Então, obedeceram e deixaram que Maya caminhasse sozinha para dentro do bosque.

Era a hora.

Ali mesmo a rainha começou a sentir as dores do parto. O neném estava pronto para nascer. Ela sabia que não conseguiria chegar até a casa dos pais para cumprir a tradição. Maya sabia que o filho nasceria ali mesmo, em Lumbini, no bosque de seus sonhos.

De longe, os soldados e amas que observavam tudo não acreditaram no que viram. Com as dores ficando cada vez mais fortes, Maya se apoiou no tronco de uma árvore. E foi impressionante: a árvore curvou-se, fazendo para a rainha uma enorme sombra. Depois, um galho desceu até a altura de suas mãos, para que ela tivesse onde se apoiar.

A árvore sabia.

Assim começou a magia do nascimento de Sidarta. A Natureza estava protegendo e ajudando a rainha para que o seu filho pudesse nascer. Maya agarrou forte o galho e ficou de cócoras, como devia ser. E ali mesmo, naquele bosque, nasceu um belo menino. Ele nasceu sem dor, de olhos abertos e suficientemente forte para andar, foi o que disseram mais tarde as mulheres que correram para ajudar a rainha. Dizem ainda que depois flores de lótus nasceriam onde o menino pisasse. E naquele momento uma chuva de néctar doce caiu dos céus e os seres divinos apareceram para anunciar o nascimento do menino. E para completar, as antigas histórias indianas contam que, no mesmo dia, nasceram também as pessoas e os seres mais importantes da vida de Sidarta. Justo no mesmo dia nasceu Yashodara, com quem ele iria se casar. Chandaka, o cavalo branco, e Chana, o cocheiro e fiel escudeiro, também nasceram poucas horas depois. E no mesmo dia nasceu a árvore sob a qual, no futuro, ele se sentaria para meditar e se tornar o Buda. Cada um em seu lugar, mas todos com o destino traçado. Os caminhos iriam se cruzar em algum ponto no futuro. E cada um teria a sua importância na história de Sidarta.

**D**e volta ao palácio, o menino foi levado ao pai, o rei. Sudodana ficou muito feliz, porque já estava ficando velho e o maior desejo dele era ter um filho para assumir seu lugar no reino. O rei deu-lhe o nome de Sidarta, que significa Aquele que Traz o Bem.

Assim começou a vida de Sidarta Gautama, o príncipe.

O rei fez questão de mostrar para todo o reino seu filho homem. Porque é exatamente isso que todos os reis desejam, um menino forte para se tornar um grande guerreiro.

E Sudodana já tinha muitos planos para Sidarta. Todos os planos que um pai tem para um filho, todos os planos que um rei tem para um príncipe.

Sudodana e Maya viviam num palácio tão grande que cabia todo o reino dentro. Um palácio lindo, com lagos e jardins majestosos, e todo o luxo que uma casa de reis e rainhas pode ter. O rei estava tão feliz com o nascimento do filho que mandou preparar uma grande festa para apresentar Sidarta ao povo do reino. Mas a rainha não estava feliz. Ela lembrava dos sonhos e tinha uma sensação estranha, sabia que alguma coisa muito importante iria acontecer. Deveria estar feliz, mas não estava. Porque sentia, sem saber como nem por quê, que não viveria muito tempo.

O rei não acreditava nos sonhos da rainha, dizia que eram bobagens que as mulheres ficam muito impressionadas com sonhos. Afinal, ele era um rei. E os reis têm coisas muito mais importantes com que se preocupar. Sudodana dizia que não podia perder tempo com sonhos.

Mas a rainha sentia. Sentia e sabia.

O povo encheu os jardins do palácio e o rei mandou distribuir comida e bebida para todos. E depois, apanhando Sidarta nos braços, levantou o menino acima da cabeça como se fosse um troféu. Sudodana mostrou o filho para o povo do reino.

— Sidarta vai ser rei! — gritou o pai.

E o povo aplaudiu.

De repente, no meio da festa, um caminho se abriu no mar de gente que enchia os jardins do palácio. E pelo caminho surgiu um velho.

Era um velho sábio e muito respeitado por todo o reino. Um velho astrólogo, capaz de ver no céu o futuro das pessoas. Dizem que ele não errava nunca, sabia sempre quando começar a colheita ou quando alguma coisa ruim estava para acontecer. Por isso, ele era respeitado e consultado por todos. O velho astrólogo chamava-se Asita. Ele se aproximou e pediu autorização para olhar o bebê. Sudodana trocou olhares com a rainha e depois consentiu que o velho astrólogo abençoasse o filho. Asita olhou o menino Sidarta por um longo tempo e em seguida falou para a rainha:

— Já estou muito velho e não estarei vivo para aprender os ensinamentos de Sidarta.

Maya fechou os olhos e sentiu um arrepio, daqueles que sobem pela espinha até o alto da cabeça. Bem dentro dela, a rainha sentiu que também não viveria muito tempo e não poderia aprender os ensinamentos do filho. Naquele exato momento Maya teve a certeza de que os sonhos estavam certos, que Sidarta era especial. E ela compreendeu tudo.

Asita contou depois que Sidarta apresentava os 32 sinais que mostravam que ele tinha vindo ao mundo para salvar os homens. O astrólogo explicou que dois caminhos se abriam para Sidarta. Se ele fosse treinado, seria um grande guerreiro. Mas se tivesse a chance de viver uma outra vida e desenvolver o lado espiritual, se tornaria um grande líder.

A rainha chorou, mas o rei não gostou do que Asita disse, porque Sudodana não gostava de nada que estivesse fora do seu controle. Ele, na verdade, tinha medo das previsões do velho astrólogo.

E para mostrar o poder de rei, mandou construir três palácios para Sidarta. Um só não bastava, ele queria três palácios, para que Sidarta se acostumasse desde pequeno com a vida de príncipe, uma vida de palácios e reinos. Sudodana estava decidido. *Nada de salvar os homens. Sidarta vai ser um guerreiro*, pensou o rei.

"Eu nasci para livrar as pessoas do sofrimento", foi o que disse Sidarta à mãe, ainda com 7 dias de vida, pouco antes de a rainha morrer. Maya tinha razão, não viveria para ver Sidarta se transformar no homem que dedicaria a vida a ajudar os outros.

om a morte da mãe, Sidarta foi criado pela tia, Mahaprajapati, a irmã da rainha Maya.

Como o pai havia prometido, o príncipe cresceu e ganhou três palácios: um para o verão, um para o inverno e outro para o período de chuvas. O rei escondeu do filho a feiura, a velhice e o sofrimento. Sidarta nunca havia passado pelos portões do castelo para ver o mundo do lado de fora, vivia isolado num mundo perfeito do lado de dentro.

Desde criança Sidarta foi criado para ser um rei. Ele recebeu estudos e treinamento para se tornar um grande guerreiro, como queria o pai. Mas desde pequeno já demonstrava interesse pela meditação. Muitas vezes, Sidarta desaparecia. As amas e os guardas o procuravam por toda a parte. E o encontravam sentado, de olhos fechados, embaixo de uma árvore ou passeando pelos jardins, ouvindo os sons da natureza. Sidarta gostava de ficar sozinho e longe das grandes festas que o pai realizava.

Em uma dessas festas Sidarta foi deixado embaixo de uma árvore para se proteger do sol, mas foi esquecido pelas amas, que se empolgaram com a festança. Quando elas se lembraram dele, já haviam passado duas horas. As amas correram preocupadas, porque o sol poderia ter queimado o menino. Mas tomaram um susto quando o encontraram. Embora o sol tivesse mudado de posição, a árvore manteve a mesma sombra para proteger o pequeno Sidarta. Ninguém soube explicar como isso aconteceu. O rei, sabendo dessa notícia, mandou contratar mais professores para que Sidarta tivesse mais coisas para aprender e menos tempo para ficar meditando pelos jardins.

Em tudo Sidarta se mostrava melhor que as outras crianças. Ele aprendia rápido, e em pouco tempo já dominava a matemática, a filosofia e diversas línguas. Um dos professores pediu demissão e disse ao rei que Sidarta não precisava de ninguém para ensiná-lo.

À medida que o menino crescia, o rei não poupava esforços para que ele se sentisse cada vez mais um príncipe. Sidarta era já um jovem e começou a ser treinado para se tornar um grande guerreiro. Ele aprendeu a cavalgar e já dominava as artes marciais e o arco e flecha. O jovem príncipe era bonito, forte e veloz. O rei mandou realizar campeonatos para que Sidarta enfrentasse os filhos de outros nobres da região. O pai queria que o filho se sentisse um vencedor. Ninguém era melhor arqueiro que Sidarta, mas ele não ligava muito para essas coisas. Ele se divertia, mas não se sentia melhor que ninguém.

Quando Sidarta completou 16 anos, Sudodana encheu o palácio de belas jovens para cativá-lo com cantos e danças. Ele podia escolher a jovem que quisesse para se casar. O rei achava que se Sidarta tivesse uma companheira e o casal vivesse em belos aposentos, o filho esqueceria a ideia de uma vida espiritual e nunca pensaria em abandonar o palácio.

Com isso, Yashodara, a bela filha de uma família nobre do reino dos Sakyas, foi escolhida para ser a noiva de Sidarta. Eles se casaram com uma bela festa que atraiu todo o reino e passaram a viver nos três palácios do príncipe. O casal tinha tudo do bom e do melhor. Um quarto luxuoso, ornamentado com lírios brancos e azuis. Dormiam apenas em lençóis de seda, e roupas e túnicas eram feitas com os melhores tecidos que existiam em toda a Índia.

A vida de casados transcorreu tranquilamente naquele mundo de perfeição e beleza. Um mundo de príncipe e princesa. E como todos esperavam, depois de 12 anos, Sidarta e Yashodara tiveram um filho, a quem chamaram de Rahula.

**C**erto dia, quando passeava pelos jardins do palácio, Sidarta ouviu uma linda canção e soube que ela falava de um lindo lugar distante. Sidarta perguntou à moça que cantava a canção se aquele lugar existia de verdade. Ela respondeu que sim, que era uma música sobre o lugar onde ela havia nascido. Sidarta descobriu que se tratava de uma canção de lamento e que o sentimento que a moça sentia se chamava saudade. Ele se surpreendeu ao saber que existiam lugares tão bonitos além dos portões do palácio.

Sidarta foi procurar o pai e pediu permissão para sair do palácio e conhecer a cidade.

— Não há nada para se conhecer do lado de fora. Você tem tudo que precisa do lado de dentro — respondeu o pai.

Mas Sidarta insistiu.

O rei, percebendo que não teria como impedir Sidarta por muito tempo, mandou preparar a cidade para a visita do filho. Sudodana ordenou que os velhos e os mendigos fossem escondidos. Sidarta só conhecia a beleza, e o rei tinha medo da reação que o filho poderia ter se visse algo diferente. O povo, instruído pelo rei, preparou uma bela festa para receber o príncipe.

Mas Sidarta não era tolo. Com o cocheiro, Chana, ele fugiu do cortejo e se meteu pela cidade para descobrir a verdade. O príncipe queria ver como vivia o povo do reino.

Na fuga, Sidarta viu coisas que nunca tinha visto e que mudariam para sempre a vida dele. Primeiro, ele encontrou um homem velho.

— O que aconteceu com a pele daquele homem? – perguntou Sidarta.

— É a velhice – respondeu Chana. – Os anos passam e isso acontece com todos nós.

— Eu também vou ficar velho? – perguntou Sidarta surpreso.

— Sim, meu príncipe. Ninguém escapa da velhice – respondeu Chana.

Os dois amigos continuaram caminhando pela cidade e Sidarta ouviu um ruído estranho vindo de uma casa. Ele entrou para ver o que era. E viu um homem deitado em uma cama. Ele tossia desesperadamente, quase sem conseguir respirar mais. Ao lado dele, uma jovem, agoniada, segurava a mão do homem e passava em sua testa um pano para conter a febre.

— O que aquele homem tem? – perguntou Sidarta.

— É a doença. Aquele homem está doente, Sidarta – respondeu Chana.

— Eu também posso ficar doente? – perguntou Sidarta assustado.

— Sim, meu príncipe. Todos nós podemos ficar doentes – respondeu Chana.

Sidarta avistou fumaça vindo da direção do rio. Os dois amigos caminharam até lá. Uma pessoa havia morrido e o corpo estava sendo queimado numa fogueira à beira do rio.

Esta é a tradição na Índia. Quando uma pessoa morre, o corpo não é enterrado. Eles queimam o corpo e depois jogam as cinzas na terra, no ar e na água. Além disso, na Índia antiga se acreditava que a fumaça leva os pedidos ao céu. Por isso, eles queimam o corpo e pedem que o espírito daquela pessoa tenha paz.

— Por que eles estão queimando aquele homem? – perguntou Sidarta, angustiado.

— Porque aquele homem morreu – respondeu Chana.

— O que é morrer?

— A gente morre quando acaba a vida. Aquele corpo não tem mais vida, é como um pedaço de madeira, por isso pode ser queimado – disse Chana.

— Mas para onde foi a vida daquele homem? – perguntou Sidarta, cada vez mais confuso.

— Aquele homem não existe mais, o espírito que fazia aquele corpo vivo foi embora para algum outro lugar. O que ficou é apenas o corpo – explicou Chana, percebendo cada vez mais a angústia do príncipe.

— Eu também vou morrer? – perguntou Sidarta, com medo.

— Sim, meu príncipe. Tudo que está vivo um dia vai ter que morrer. Ninguém vive para sempre – disse Chana.

Com isso, o príncipe descobriu a velhice, a doença e a morte.

Depois, eles tiveram outro encontro que foi decisivo para Sidarta. Eles viram um homem que pedia esmolas e Chana explicou que aquele era um homem santo que buscava a sabedoria e mendigava a comida de cada dia. Ele vivia isolado na floresta e não tinha nenhuma posse, nada além da roupa do corpo e comia apenas o que recebia dos outros para se manter vivo. Chana disse a Sidarta que não se precisa de riqueza para buscar a sabedoria.

**A**o retornar ao palácio, o príncipe foi direto ao quarto do pai. Sidarta estava muito irritado.

— Você me enganou — disse Sidarta ao pai.

— Eu nunca o enganei, meu filho — respondeu o rei. — Eu o amo e apenas quis protegê-lo da dor.

— Então, o seu amor é uma prisão. Você me impediu de ver a vida com meus próprios olhos. Você nunca me disse que existia sofrimento — disse Sidarta.

Sudodana respondeu que a vida era isso: morrer, renascer, sofrer e morrer de novo repetidas vezes.

— Essa é a nossa maldição — completou o rei.

Os indianos acreditam que a gente nasce, morre e nasce de novo para viver outras vidas e continuar aprendendo para sempre.

Sidarta olhou bem firme nos olhos do pai e disse antes de sair do quarto:

— A minha missão é quebrar essa maldição. Eu vou descobrir a cura para o sofrimento.

Desesperado, Sudodana mandou que os guardas trancassem os portões e impedissem a saída do príncipe.

Mas o poder do rei não foi tão forte assim. Uma névoa mágica cobriu o palácio e adormeceu a todos.

Sidarta tinha agora 29 anos. Ele decidiu que estava na hora de partir. Foi até o quarto e despediu-se da mulher, Yashodara, e do filho Rahula, recém-nascido. Os dois dormiam um sono profundo. O príncipe chegou bem perto do bebê e ouviu a respiração. Teve vontade de pegar o filho no colo para sentir-lhe o cheiro pela última vez, mas teve medo de acordá-lo. Sidarta sabia que tinha de partir, que tinha uma missão a cumprir. Ele sabia que no futuro a mulher e o filho o perdoariam. Ele sabia que o caminho para a felicidade começava com o sofrimento. Ele sabia que para ter uma coisa às vezes temos de largar outra. Sidarta sabia que precisava caminhar sozinho. Então, ele saiu do quarto sem fazer barulho e foi acordar Chana, o grande amigo.

Chana ainda estava meio sonolento e não entendia por que todos estavam dormindo no palácio, inclusive os guardas. Sidarta contou sobre a névoa mágica e apanhou o cavalo branco, Chandaka. O cavalo não fez barulho algum até eles saírem pelos portões do palácio. Parecia que os deuses estavam segurando as patas de Chandaka para que os soldados não acordassem com o ruído dos cascos cavalgando o chão de pedra do palácio.

A lua cheia iluminava o caminho. Os dois amigos saíram do palácio e cavalgaram juntos, em silêncio, até a floresta. Quando chegaram lá, Sidarta entregou a Chana todas as joias de príncipe. Com uma espada, ele cortou os longos cabelos e despediu-se do amigo. Chana e Chandaka retornaram ao palácio e Sidarta começou o caminho em busca da felicidade.

**N**a floresta, Sidarta encontrou os ascetas, que viviam por ali, longe da confusão das cidades. Sidarta já havia ouvido falar deles, homens que abandonaram as casas e as famílias em busca da iluminação. Eles viviam nas florestas, com apenas uma fina roupa que lhes cobria o corpo, dormindo embaixo de árvores ou em grutas e cavernas. Eles eram simples, não se importavam com a beleza ou a riqueza. Eram pobres e praticamente não comiam porque acreditavam que precisavam ter o corpo e a mente livres de qualquer impureza para poder encontrar a verdade. Mas eles eram duros como rochas e rígidos como soldados. Nada os fazia fugir da lei dos ascetas: não aceitavam comida, roupas ou riquezas, e viviam livres como os bichos na natureza.

Sidarta se juntou a eles porque acreditava que a riqueza e a beleza que sempre tivera no palácio não o impediram de sofrer. Ele acreditou que a vida árdua na floresta poderia fazer-lhe ver a verdade que tanto procurava: o caminho para a felicidade. Ele queria entender por que as pessoas sofrem e pensou que, mergulhando profundamente no sofrimento e nas dificuldades, encontraria a resposta.

Na floresta, Sidarta viveu uma vida simples e difícil durante seis anos. Com os ascetas, ele aprendeu a força para enfrentar a fome e o frio. Eles quase não comiam e quase não falavam. Passavam os dias sentados em silêncio, meditando e ouvindo a natureza.

E, ouvindo a natureza, Sidarta compreendeu cada vez mais como funcionam as coisas: a respiração, os pensamentos e os sentimentos. Ele mergulhava tão profundamente na meditação que ficava imóvel como uma pedra. A respiração era tão profunda e suave como o próprio vento. Os ascetas perceberam que Sidarta era melhor que eles, e começaram a segui-lo em tudo que ele fazia.

Dizem que um pássaro fez o ninho em sua cabeça, que aranhas teceram teias nos longos cabelos e que ervas cresceram entre pernas e braços.

Certo dia, uma tempestade caiu na floresta. Os ascetas procuraram abrigo. Os raios e trovões eram assustadores e a chuva caía cada vez mais forte, mas Sidarta nem se mexeu, continuou meditando sem se importar com a chuva e o frio. Foi quando os ascetas viram algo impressionante. Uma gigantesca cobra naja, maior que uma pessoa, se aproximou, rastejando pelo chão de folhas da floresta. Eles gritaram, mas Sidarta não ouviu. Eles se esconderam e temeram pela vida do amigo. A naja veio por trás de Sidarta e, quando parecia que iria devorá-lo, colocou a enorme cabeça, em forma de triângulo, por cima dele para protegê-lo da chuva. E a enorme cobra ficou ali até a tempestade passar. Quando os últimos pingos caíram e a luz do sol já atravessava as copas das árvores e iluminava o rosto de Sidarta, a naja deixou o posto de vigilância e desapareceu nas profundezas da floresta. Sidarta não viu nada, mas os ascetas viram tudo e pensaram que ele fosse um deus.

Depois de seis anos, enquanto meditava, Sidarta ouviu a suave melodia de uma cítara. Eram dois pescadores que passavam numa canoa pelo rio próximo da floresta. Com a cítara, Sidarta ouviu um trecho da conversa de ambos e descobriu a verdade numa frase que dizia: "Se você esticar demais a corda, ela arrebenta; se deixá-la frouxa demais, ela não toca."

Ao ouvir isso, Sidarta abriu os olhos e despertou. Ele compreendeu que o caminho para a felicidade era o Caminho do Meio. Nem muito frouxo, nem muito apertado. Nem oito, nem oitenta. Nem sofrimento demais, nem prazer demais. Ele entendeu que viver de forma rigorosa e árdua na floresta era a mesma coisa que viver cheio de riquezas e belezas no palácio.

As duas formas de vida eram uma ilusão. Então, ele abandonou os ascetas e continuou a busca pela verdade.

Sidarta banhou-se no rio e aceitou uma tigela de arroz adocicado com mel silvestre oferecida por uma jovem camponesa. Os ascetas decidiram não seguir Sidarta porque ficaram revoltados quando ele quebrou as regras ao aceitar comida e roupas novas.

Depois de se alimentar e descansar um pouco, ele caminhou até encontrar o lugar que parecia ideal para meditar. Sidarta sentia que estava forte e bem perto de encontrar a verdade. Ele decidiu que se sentaria para meditar e não sairia dali até alcançar a sabedoria.

**S**ob a frondosa árvore Bodhi, ele acomodou o corpo na posição de lótus. Sidarta Gautama sentou-se e meditou por sete dias e sete noites. Ele fechou os olhos e ficou apenas sentado, mergulhando profundamente dentro de si. Os pensamentos iam e vinham, como nuvens que passam no céu. E Sidarta, imóvel, como uma montanha. Por sua mente passaram um milhão de coisas por segundo: as preocupações com o pai que queria que ele se tornasse um rei, a tia que o criou como o próprio filho, a esposa que ele abandonou e o filho recém-nascido que certamente sentiria falta do pai. Ele pensou em todos e nos problemas do reino e do povo.

Pensava e percebia o pensamento ao se formar.

Pensava e não se movia.

Pensava e percebia o pensamento se desmanchar como as nuvens no céu.

Sidarta estava bem perto de alcançar a sabedoria.

Por causa disso, Mara, o rei dos demônios, surgiu para impedir Sidarta de alcançar o objetivo. Mara sabia que se Sidarta alcançasse a sabedoria, nunca mais seria atingido pela tentação dos demônios. Ainda não havia nenhum mortal em toda a Terra que não pudesse ser atingido pelas garras de Mara. E isso não poderia acontecer.

Mara apareceu diante de Sidarta disfarçado de deusa do amor. Estava acompanhado das três filhas, Desejo, Prazer e Cobiça. E juntos tentaram seduzir Sidarta e convencê-lo de que os prazeres da vida são melhores que o caminho da sabedoria. Elas dançaram para ele, ofereceram comida e bebida, ofereceram um mundo de prazeres e delícias para desviar a atenção dele. Elas falaram palavras de amor no ouvido dele, mexeram em seus longos cabelos. Mas Sidarta não se deixou enganar, ele sabia que poderia derrotar Mara. Ele já havia compreendido que, como todas as coisas, os prazeres não duram para sempre. Ele compreendeu que assim como a tempestade vem depois da calmaria, quando tudo que é bom acaba vem o sofrimento. Ele já havia descoberto o Caminho do Meio. Sidarta apenas observava, e continuou meditando sem se importar com Mara.

— Eu o conheço, Mara, e reconheço todos os seus disfarces — disse Sidarta sem abrir os olhos.

Mara deu uma sonora gargalhada e tentou intimidar o príncipe.

— Levante-se daí, Sidarta. Como ousa sentar em meu trono? Segue sua vida e desista do caminho da iluminação. Você não está pronto para isso. Vá cuidar da família e do reino, que eles precisam de você — disse Mara.

Sidarta permaneceu sereno.

Mara se enfureceu e chamou centenas de outros demônios e seres terríveis para enfrentar Sidarta. Mara montou no elefante de guerra e se preparou para a batalha. Ninguém suportaria ver os horríveis monstros que se enfileiravam diante de Sidarta. Alguns tinham cabeças de animais, como crocodilos e serpentes. Alguns eram enormes como árvores e outros eram pequenos e rastejavam pela floresta. E todos atacaram ao mesmo tempo, atirando as armas. Eles lançaram flechas de fogo, atiraram lanças e pedras, mas nada adiantou. Flechas, lanças e pedras se transformavam em uma chuva de flores que caíam no chão, sem atingir Sidarta.

Sidarta não se amedrontou. Ele viu que o mundo todo era como um sonho, que pensamentos e sentimentos são como bolhas de sabão que estouram no ar. Ele viu que tudo desaparece, que a alegria e o sofrimento desaparecem se tivermos paciência e coragem para esperar. Porque nada dura para sempre.

Enfurecido, Mara enviou um dilúvio, com raios que caíam na terra como lâminas de espadas. Mas Sidarta permaneceu calmo e intocado.

Sidarta disse a Mara que tinha conquistado o direito de sentar no trono porque tinha praticado todas as virtudes.

Mara urrou e todos os monstros gritaram e deram gargalhadas.

– Que testemunha você tem para provar que praticou todas as virtudes e pode assumir o meu trono? – perguntou Mara.

Com a ponta dos dedos, Sidarta tocou o chão de folhas da floresta.

– A terra é minha testemunha – disse ele.

E neste momento toda a Terra sacudiu como um terremoto. O ruído abafou as gargalhadas dos monstros.

Mara compreendeu que Sidarta havia atingido a sabedoria. E fugiu. Fugiu com as centenas de demônios para o mundo de onde tinha vindo.

Sidarta venceu.

E na manhã do oitavo dia de meditação Sidarta compreendeu tudo. Ele viu o passado, o presente e o futuro. Ele viu todas as vidas que tinha vivido antes, viu a origem de todas as coisas. Viu que todas as coisas estão ligadas e que ninguém é sozinho neste mundo. Sidarta compreendeu a causa do sofrimento e o caminho para acabar com o sofrimento. Um caminho de oito passos até a felicidade.

**S**idarta desceu a montanha e caminhou tranquilo. Ele respirava a natureza, sentia o vento e o perfume das flores. Ele era a própria natureza. Enquanto sentia a felicidade completa, ele pensou se deveria falar sobre isso com as pessoas. Pensou se as pessoas do mundo conseguiriam compreender o que ele tinha compreendido.

Depois de muito refletir, ele acreditou que sim, que poderiam existir pessoas preparadas para ouvir o que ele tinha a dizer. E seguiu para o Parque dos Cervos, onde sabia que encontraria os antigos companheiros ascetas.

Os ascetas viram Sidarta se aproximar e combinaram que não falariam com ele. Afinal, ele havia traído as regras. Mas perceberam que algo tinha acontecido. Os passos de Sidarta eram firmes. Os olhos tinham um brilho diferente. O rosto transmitia paz e serenidade como nunca tinham visto antes. Eles perceberam que Sidarta estava iluminado. E correram para recebê-lo.

— O que você viu, o que compreendeu? — perguntaram os ascetas.

E ali, no Parque dos Cervos, Sidarta fez o primeiro discurso para os primeiros cinco discípulos.

Ele ensinou que a vida tem sofrimento sim, tem dor, mas que tudo tem uma causa e tudo está interligado. Mas há também o Nirvana, um lugar de paz, sabedoria e felicidade. Para chegar lá, há um caminho que deve ser percorrido, para o encontro com a Verdade.

E o Buda disse mais ou menos assim:

— Monges, sofremos quando nos encontramos em uma situação que não gostamos, sofremos quando nos separamos daquilo ou de quem amamos. Sofremos quando não conseguimos aquilo que desejamos. O sofrimento é o apego a todas estas coisas. O sofrimento é não ver que tudo se transforma, que nada dura para sempre. Existem quatro verdades, monges: o sofrimento existe, o sofrimento é o apego, mas é possível evitar o sofrimento e a cura para o sofrimento é um caminho de oito passos: ponto de vista correto, pensamento correto, fala correta, ação correta, meio de vida correto, esforço correto, atenção correta e concentração correta.

"Entendam: tudo que pensamos, fazemos ou falamos produz algum resultado. Sabe quando a gente joga uma pedra num lago e ela forma aquelas ondas circulares que vão crescendo cada vez mais? Pois bem, cada ação que praticamos vai se espalhando no mundo como os círculos no lago. Então, se praticamos o bem, o resultado será o bem. Precisamos estar sempre atentos, o tempo inteiro. Se você der um sorriso a uma pessoa, o que você vai receber em troca? Provavelmente um sorriso. Se você der uma tapa numa pessoa, o que você pode receber em troca? Se você fizer o mal a uma pessoa, mesmo que você não saiba que está fazendo o mal, isso vai provocar maus resultados. E tudo pode voltar a você, porque tudo está interligado nesse mundo. Essa é a lei da Natureza. A lei é simples: não existe nada que comece que não vá terminar. Tudo que sobe, um dia tem que cair. É a lei. E tudo, absolutamente tudo, tem uma causa. Então, se evitarmos a causa do sofrimento, não teremos mais sofrimento. Se falarmos, pensarmos ou agirmos conscientes e atentos para que os resultados não sejam sofrimento, estaremos sempre seguindo o caminho da felicidade. Ele depende apenas de nós mesmos.

Depois desse discurso, todos o chamaram de Buda, o Iluminado. A fama foi crescendo e se espalhando por toda a Índia. Alunos vinham de todos os lugares para aprender com o Buda. Filhos de nobres e até filhos de reis abandonavam os palácios para viver na floresta e buscar o caminho da felicidade. O Buda recebia e ensinava a todos da mesma maneira.

**O** grupo de seguidores do Buda ficou conhecido como a Sangha. Eles seguiam o Buda e praticavam o Dharma, os ensinamentos do Iluminado.

E a Sangha já contava com mil discípulos. Eles tinham a cabeça raspada e vestiam túnicas cor de açafrão. Viviam nas florestas e grutas e mendigavam comida pelas cidades por onde passavam. Até reis se ajoelhavam diante do Buda e pediam-lhe proteção. Alguns mandaram construir mosteiros para que os monges tivessem onde dormir nas temporadas de chuvas.

A fama do Iluminado chegou aos ouvidos do rei Sudodana. O pai do Buda já estava bem velho e tinha medo de morrer sem ver o filho mais uma vez. Por isso, enviou o filho de um dos ministros do reino dos Sakyas para que mandasse um recado ao Buda.

— Vá até o meu filho e peça que ele venha nos visitar — disse Sudodana.

O escolhido para chamar o Buda era um homem que Sidarta conhecia muito bem. Eles tinham sido amigos na infância e disputaram juntos os torneios de arco-e-flecha na juventude.

Então Kalodayin partiu para procurar o Buda.

**O** Buda se encontrava com seus mil discípulos perto da montanha Pico do Abutre. Na mesma época, um jovem rico e muito bem educado, que se chamava Pippali, também tinha abandonado a esposa e toda a riqueza no reino Kashyapa para buscar a felicidade e seguir o Iluminado.

Quando chegou à montanha, Pippali viu o Buda de longe, pois uma multidão de monges se aglomerava para ouvir o próximo discurso. Pippali sentiu a energia que envolvia aquele homem e pensou que ele brilhava como ouro puro. Sentiu então uma felicidade imensa por ter encontrado o que procurava. Ele quis se ajoelhar em frente ao Buda, como todos faziam, mas eram tantas pessoas em volta que não havia espaço para isso. Ele apenas juntou as mãos e fez uma inclinação com a cabeça. De longe, o Buda já tinha percebido a presença marcante do jovem Pippali no meio da multidão. O Buda pensou: *este jovem tem a verdadeira busca pelo conhecimento e a mente e o coração dele são puros como o diamante.* Pippali juntou todas as forças e de longe gritou:

— Por favor, senhor, me aceite como discípulo.

O Buda disse apenas:

— Seja bem-vindo.

E com essas palavras Pippali sentiu toda a angústia e o cansaço da viagem saindo pelo corpo, como a água que escorre pela torneira. Como se diz, ele se sentiu com a alma lavada.

O Buda estava para começar um dos discursos em que falaria sobre as quatro verdades e o caminho de oito passos até o Nirvana, o reino de paz e felicidade. Mas desta vez foi diferente. Ele não usou palavras. O Buda apenas apanhou uma flor com uma das mãos e a girou no ar. Os monges não entenderam nada. Mas o jovem Pippali sorriu. E, com esse gesto, a essência do budismo foi transmitida diretamente, sem uma única palavra. Como o cheiro da flor que é levado pelo ar e sentido por quem estiver disposto a sentir. Pippali compreendeu tudo. O Buda fitou os olhos dele e disse que aquele jovem seria o líder da Sangha quando o Buda não estivesse mais presente. Pippali recebeu o nome de Mahakashyapa, que significa o grande Kashyapa, pois esse era o nome do seu reino.

**D**epois de dois meses de viagem, Kalodayin encontrou o Buda e transmitiu o recado do rei Sudodana. O Buda ficou feliz por reencontrar o velho amigo de infância e pediu que ele fosse na frente e avisasse ao pai que o Buda e os discípulos fariam uma visita ao reino dos Sakyas. Kalodayin ficou impressionado ao ver o velho amigo Sidarta cercado por milhares de discípulos e voltou correndo para contar a notícia ao rei. E o reino se preparou para a chegada do antigo príncipe.

Quando o Buda e os discípulos chegaram ao reino, eles pediram comida nas ruas, como faziam em todos os lugares. As pessoas olhavam pelas janelas das casas e não acreditavam no que viam. Ficaram muito impressionadas ao ver o antigo príncipe do reino mendigando comida de porta em porta.

O rei, quando soube da notícia, correu ao encontro do filho.

— Que vergonha! Você pensou que eu não teria como alimentar meu próprio filho? — perguntou Sudodana.

— Eu apenas estou seguindo a tradição, meu pai — disse o Buda.

— Esta não é a tradição de nossa família. Nós somos reis e príncipes há centenas de anos e nunca ninguém pediu esmola — respondeu o pai irritado.

— Não é esta tradição que estou seguindo. Eu sigo a tradição dos Budas e dos Sábios, que sempre pediram comida para se alimentar, pois vivemos uma vida simples, dedicada a ajudar os outros — respondeu o Buda.

Pai e filho tiveram uma longa conversa, e o Buda explicou a Sudodana o caminho para a felicidade. Emocionado, o pai se ajoelhou aos pés do filho. O rei se ajoelhou aos pés do príncipe, em reverência à sabedoria que ele tinha atingido. Depois, Sudodana abriu as portas do palácio e mandou servir comida a todos os discípulos do Buda.

Pai e filho ainda conversaram por muito tempo. O Buda perguntou por Yashodara, a esposa. O rei contou que quando ela soube que o esposo comia apenas uma refeição por dia, começou a se alimentar apenas uma vez. E quando soube que ele dormia em uma esteira no chão da floresta, ela mandou retirar a cama do quarto e também passou a dormir em uma esteira.

— Mesmo distante, ela segue você em tudo o que você faz — disse o rei.

— Eu sempre soube que ela me entenderia. Yashodara é muito sábia — disse o Buda.

O Buda quis saber se Yashodara já tinha se alimentado naquele dia. O pai respondeu que não. Então o Buda apanhou uma tigela com comida e a levou até o quarto no qual a esposa esperava tranquilamente pelo reencontro, sete anos depois daquela noite mágica em que o príncipe Sidarta partiu em busca da felicidade.

**Y**ashodara viu o Buda entrar no aposento. Uma cena que ela havia esperado por sete anos. Ela não tinha mágoas. Sentia-se emocionada e orgulhosa pelo belo caminho que Sidarta, o esposo, tinha percorrido. Ela olhou aquele homem que se dedicou a salvar a humanidade, que encontrou sozinho o caminho para livrar as pessoas do sofrimento. Como poderia ela sofrer por isso? Ela foi paciente e cuidou com dedicação do filho que teve com o Buda.

O Buda sabia tudo o que passava pela mente da esposa e percebia a emoção que ela sentia. Ele sorriu e ofereceu a ela a tigela de arroz que levava nas mãos. Yashodara recebeu de Sidarta, o Buda, o alimento daquele dia. Ela observou os gestos e a força que aquele homem transmitia. A cabeça raspada, o manto cor de açafrão, os gestos seguros e um olhar que transmitia a maior paz do mundo. Ela via por trás daquela imagem o jovem Sidarta, com quem se casou aos 16 anos. O mesmo homem, mas diferente. Sidarta era belo e forte e já transmitia paz naquela época. Mas era inseguro, ainda não tinha convicção da força. Ela lembrou que sempre percebeu nele o desejo pelo conhecimento, por algo que estava além dos portões daquele palácio, a felicidade que ele não encontrava ali. E agora Sidarta estava de volta e trazia toda a felicidade do mundo. Yashodara quis dizer tantas coisas ao Buda, mas sabia que não precisava, que ele sabia e compreendia tudo.

Em silêncio, os dois se entenderam. E Sidarta, o Buda, iluminou para sempre o caminho de Yashodara.

**O** Buda não aceitou o convite do rei para dormir no palácio. Ele e os monges se acomodaram no bosque mais próximo, o mesmo lugar onde sete anos antes o príncipe se despediu do fiel cocheiro Chana e do cavalo Chandaka.

Pela janela do quarto, Yashodara mostrou o Buda ao filho Rahula.

— Está vendo aquele homem de cabeça raspada, com um manto cor de açafrão, que transmite paz e brilha como o ouro mais puro e anda seguido por milhares de pessoas? Aquele homem é seu pai, Rahula. Vá até ele e receba a sua herança — disse a mãe.

Rahula ainda era uma criança de apenas 7 anos, mas sozinho ele saiu pelos portões do palácio sem que nenhum guarda fosse atrás dele. Sozinho, o pequeno Rahula caminhou até o bosque e, sem que nenhum monge o impedisse, sentou-se ao lado do Buda e cruzou as pernas na posição de lótus. Assim, pai e filho ficaram por um longo tempo, até que Rahula pediu que o pai lhe ensinasse o caminho para a felicidade.

O Buda apanhou um pequeno espelho e mostrou ao filho.

— O que é isso, Rahula? — ele perguntou.

— Ora, um espelho — respondeu o filho.

— E para que serve um espelho, Rahula?

— Serve para refletir — disse o menino.

Então o Buda explicou ao pequeno Rahula que a mente deve ser como um espelho. Que além de refletir antes de agir, o menino deveria ser limpo e puro como o espelho, que reflete a realidade exatamente como ela é, sem julgamentos, sem dizer se é bom ou ruim, apenas refletindo.

Rahula compreendeu.

O Buda prometeu ao filho que quando ele fosse mais velho, poderia se juntar à Sangha e viver como os outros monges, se ele quisesse.

– Eu quero – disse Rahula.

– Seja bem-vindo, Rahula. E aceite as três joias como herança: o Buda, a Sangha e o Dharma.

Pai e filho se despediram com a promessa de se encontrarem novamente.

E alguns anos mais tarde, o pai Sudodana, a esposa Yashodara e o filho Rahula se tornariam discípulos do Buda.

Os anos se passaram e o Buda seguia ensinando o Caminho do Meio e os oito passos corretos para que a vida siga corretamente, sem sofrimento. Mosteiros foram construídos por toda a Índia, regras foram criadas para que todos vivessem em paz e harmonia. A meditação foi ensinada para milhares e milhares de pessoas como uma forma de cada um encontrar, dentro de si, o caminho para a felicidade. Mesmo sentindo o peso dos anos, o Buda fazia questão de acompanhar os monges na hora de pedir comida. Ele batia de porta em porta e era recebido com reverência pelas pessoas. O Buda era como um grande professor, o maior de todos. Ele ensinava, repetia as palavras, explicava novamente, até que as pessoas começassem a entender e aceitar que de fato existia um caminho para a felicidade. Muitos, depois de oferecer comida ao Buda, abandonavam as casas e seguiam os monges para onde quer que eles fossem. Muitas histórias foram contadas e a fama do Buda se espalhava cada vez mais.

Dizem que uma vez dois exércitos se encontravam frente a frente nas duas margens de um rio, prontos para começar a batalha. Os soldados armados aguardavam apenas a ordem para atacar. O Buda estava naquela região e foi chamado para tentar impedir a guerra e o derramamento de sangue. Ele chamou os dois generais e os três se sentaram embaixo de uma árvore para conversar. O Buda soube que o motivo da rivalidade era o rio que ficava entre dois reinos e que era usado para irrigar as plantações.

— Quanto vale o sangue de jovens e até mesmo príncipes que vivem em cada reino e fazem parte desses exércitos? — perguntou o Buda.

Os generais disseram que era incalculável, que as vidas valiam muito, que famílias inteiras dependiam destes jovens.

— Quanto vale a água? — perguntou o Buda.

Os generais disseram que não deveria valer muito.

— Então vocês preferem destruir o que vale muito e é incalculável por causa de uma coisa que não vale quase nada? — perguntou o Buda.

Ao reconhecer a sabedoria do Buda, os generais desistiram da guerra e ainda fizeram um acordo para economizar e dividir a água entre os dois reinos.

Dizem ainda, numa outra ocasião, quando o Buda estava perto dos 70 anos, que ele foi capaz de domar um elefante sem usar nem mesmo um chicote. O Buda e um discípulo andavam pelas ruas de uma aldeia quando ouviram gritos assustadores. Pessoas corriam por todos os lados. O Buda parou no lugar onde estava, no meio do caminho. Ele esperou para ver o que era, o que causava toda aquela confusão. Foi quando veio em sua direção um enorme elefante, descontrolado. Por onde ele passava, não sobrava nada. O bicho já tinha destruído árvores, casas e até esmagado algumas pessoas. Das janelas das casas as pessoas gritavam para o Buda sair do lugar e fugir. As pessoas tinham a convicção de que aquele corpo magro do velho monge não suportaria uma trombada de um animal de algumas toneladas. O discípulo, ao perceber o perigo, se colocou na frente do Buda, pronto para morrer no lugar do mestre. O Buda pegou o braço do discípulo com firmeza e o tirou do caminho.

O elefante seguia a toda a velocidade e parecia que iria passar por cima do Buda. Mas ele, fitando os olhos do animal, o fez parar com apenas as mãos. O elefante ficou imóvel diante daquele corpo magro de um homem de 70 anos. O Buda abraçou o elefante e disse no ouvido do animal:

— A sua natureza é boa. Você não quer destruir nada nem fazer o mal a ninguém. Você está apenas perdido. Saia da aldeia, encontre sua família, e tudo voltará ao normal. Agora, vá.

O Buda acariciou o rosto do animal. O elefante fez uma reverência com a cabeça e foi embora, sem causar mais estrago algum.

Aos 80 anos, o Buda reuniu os discípulos no bosque de Mallas e avisou que já estava muito velho e cansado e que não viveria por muito mais tempo. E ali ele fez o último discurso. Pediu para que os monges continuassem praticando o bem e ensinando o Dharma, os ensinamentos do Buda. Pediu que os que já tivessem alcançado a sabedoria prometessem ajudar as outras pessoas a também alcançarem a sabedoria.

Ele explicou, mais uma vez, que o caminho para a felicidade depende de cada um. Que o caminho é longo, mas que todas as pessoas podem ser iguais a ele, todas as pessoas podem se tornar um Buda. Mas ele pediu também que não acreditassem em tudo que ele dizia. Que cada um buscasse a verdade dentro de si. Que cada um experimentasse o próprio caminho para confirmar se o que Buda dizia era correto.

E o Buda disse mais ou menos assim:

– Monges, não existe encontro sem despedida. Eu vou partir, mas se vocês continuarem praticando e passando para outras pessoas o que aprenderam comigo, então o Buda vai existir para sempre. Lembrem-se, eu sou como um bom médico que dá a receita certa para quem passa mal. Mas para ficar bom, o paciente precisa tomar o remédio. Ou seja, tudo depende de vocês.

"Lembrem-se: assim como toda árvore dá frutos, toda ação produz um resultado. O fruto pode ser maduro e saboroso ou pode ser podre. Por isso, fiquem atentos e pratiquem as ações corretas para se livrar do sofrimento e não gerar o fruto do sofrimento nos outros. Lembrem-se: evitar a causa do sofrimento é não desejar mais do que precisam. Façam como a abelha, que apanha apenas o néctar das flores sem manchar-lhe a cor ou estragar-lhe a beleza. E nunca deixem o sentimento da raiva tomar conta de vocês. O trovão e o raio surgem apenas num céu carregado de nuvens negras. Por isso, mantenham a mente sempre limpa como o céu claro.

O Buda ficou em silêncio por um tempo, os olhos fechados, a respiração tranquila como um mar sem tormenta. Os monges aguardavam o Iluminado dizer algo mais. Então, ele continuou:

— Ser contente é ser feliz. Se contentar é aceitar o que se tem. Quem é contente é feliz mesmo quando tem apenas o chão de folhas da floresta para dormir e nada mais do que isso. Mas quem não se contenta com nada e não fica satisfeito nunca, não é feliz nem quando vive num palácio cercado de riquezas. E agora, monges, eu peço que não falem nada. Fiquem apenas em silêncio para compreender esse meu último ensinamento.

O silêncio foi profundo. Era como se fosse possível ouvir a respiração da Terra. O vento balançava suavemente as copas das árvores. Os sons de pássaros de todos os tipos formaram uma bela sinfonia, improvisada naquele exato instante. E no céu limpo, tingido de laranja, as nuvens continuavam a passar tranquilamente.

Sentado na posição de lótus, o Buda fechou os olhos e meditou para sempre.

Este livro foi composto na tipologia
Octavian, em corpo 11,5/16, e impresso
em papel offset 90g/m² na Sermograf

Seja um Leitor Preferencial Record
e receba informações sobre nossos lançamentos.
Escreva para
**RP Record**
**Caixa Postal 23.052**
**Rio de Janeiro, RJ — CEP 20922-970**
dando seu nome e endereço
e tenha acesso a nossas ofertas especiais.

Válido somente no Brasil.

Ou visite a nossa *home page*:
http://www.record.com.br